北海道豆本 series44

爪句

TSUME-KU

@西野市民の森物語り

　シリーズの第44集目になる本爪句集は、著者が良く散歩で歩く西野市民の森で撮った写真を素材にしている。札幌市は自然に囲まれた大都会であり、西野市民の森のような自然を満喫できる散策路が数多くある。これらの散策路の景観や植生、野鳥や動物は札幌市内であるので共通している部分が多いだろう。従って西野市民の森を取り上げていても、それは他の札幌市の自然遊歩道に通じるものがある。

　すると本爪句集を大きく捉えて、札幌の自然、札幌の山野草、札幌の野鳥、札幌の野生動物といった括りで読んでもらえるものではなかろうか。とは言っても、これら各々のテーマの案内書や図鑑ではないので、本爪句集から得られる知識はそれほど多いものではないだろう。野鳥を調べるなら野鳥図鑑（あるいはインターネット検索）、山野草であれば山野草のハンドブック、虫であれば札

幌の昆虫といった焦点を絞った本もある。これらの対象についての正確な知識を得ようとする読者には、本爪句集はその期待に添えない。

　では「爪句」ということで「５７５」に凝縮して自然のすばらしさを読者に伝えるものかというと、それも違っている。俳句もどきには違いないのだが、爪句は写真につけたファイル名という元々の出自があるので、俳句のように文字だけで感動を伝える文芸作品でもない。さらに爪句集は写真集といってもよいのだが、豆本体裁で印刷された写真の大きさから、写真を鑑賞する写真集からはほど遠い。

　このように爪句集は作品集であるのだが、従来の創作活動や研究活動のジャンルに当てはまらない著作ともいえる。本の体裁も豆本に分類されるものである。事実、2020 年の５月から７月にかけて開催された北海道立文学館の企画展「豆本ワールド」に爪句集も展示されている。ただ、豆本といっても前記企画展に展示されていた手作りの工芸品のような豆本でもない。

本爪句集にはドローンを飛行させ撮影した空撮パノラマ写真も収録しており、印刷されたQRコードをタブレットやスマホで読み取ることでネットを介して全球パノラマ写真を鑑賞することができるので、単なる豆本大の写真集というものでもない。空撮全球パノラマ写真に別撮りの写真を貼り付けて、1枚の写真で空と地上を同時に見ることができる工夫も試みている。紙とネットを融合させることにより可能となった写真集ともいえる。

　読者は読んだり鑑賞したりしたい事を自分の頭にあるジャンルに従って選ぶ。俳句や詩を味わいたいなら句集や詩集、小説を読みたいなら新刊書や文庫本、写真を見たいなら写真集、野鳥を調べたいなら野鳥図鑑等々とジャンル別の著作を選ぶ。従って、爪句集という、ジャンルがはっきりしない豆本を手に取って読む（見る）読者が多くないのも分かる気がする。ただ、爪句集が広く宣伝されていない事も多くの読者を獲得できない理由だろう。

現時点では読者が少なく、世の中でほとんど認知されていなくとも、著者は爪句集に期するところがある。爪句は新しいジャンルの創造活動であり、その成果としての作品の伝達方法として爪句集がある。事によったら爪句作成は将来の創作活動の一分野に成長するかもしれない。ただ、そこまでいくには本爪句集のシリーズを出し続ける事が必要であろうと考え、とりあえずは50集の出版を目標にして出版を続けている。

　ただ、紙の本として出版するとなると費用がかかる。その捻出にクラウドファンディング（CF）による支援という、これもネット技術の発展の恩恵に浴してみようと考えている。こちらも当初考えたようにはうまく行っているとは言い難い。CFは自費出版に利用できる新しい方法だと思うけれど、出版社の営業担当者が著者に代わって発展させてくれるような機運にもない。しかし、著者、編集者、出版本のセールス等を一人で行う助っ人になってくれそうである。爪句集出版で1人出版社の可能性を追求しているところでもある。

景観―夏

景観―秋

景観―冬

樹木

野鳥

動物

虫

中の川

クマゲラの雛鳥
(2020/06/9)

親鳥を　雛鳥と我　待ちており

　森の道のクマゲラの巣の辺りから鳴き声がする。囀る音でない。巣を見るとクマゲラの雛鳥が盛んに鳴いている。親鳥に餌を要求しているようだ。その親鳥が戻ってくるのを期待して待っていたけれど親鳥は現れず。朝食もあるので森の空撮後帰宅。

中の川のアオサギ
(2020/6/21)

アオサギの　追っかけ行う　夏至日かな

　夏至の日の出を空撮。日の出時刻は３時台に入っている。中の川沿いに野鳥を求めて散歩する。頭の隅で期待していたアオサギを見つける。早朝この川のどこかに居るようだ。遠くからでも人の姿を見ると直ぐに逃げるアオサギの追っかけをする。

1 春先の山林空撮
(2019.3.30)

雪残る 森で空撮 大都会

　快晴の朝。固雪の上を森の中まで踏み込んで歩く。西野市民の森の遊歩道近くで、ドローンを上げ空撮を行う。空からだと札幌の都心部から石狩湾まで見渡せる。山林の積雪もかなり解け始めていて、ドローン直下の木々の根開けの様子が写る。

2 フキノトウ (2019.4.9)

　　浅き春　退(しりぞ)く雪や　フキノトウ

　積雪が日ごとに後退していき、枯草色の地面に
フキノトウが隊列を組んで出現している。葉より
先に花茎が伸びて花を咲かせる。花は雄花と雌花
がある雌雄異花である。写真の手前に大きく写っ
ているのが雄花である。山菜のフキはこれからだ。

3 積雪の残る森
(2019.4.16)

空で撮る　白と緑の　陣地取り

　西野市民の森の外れでドローンを上げて空撮を行う。ドローンの30m下に未だ残っている積雪と、フキノトウの群れに、積雪から解放されたクマザサが写る。周囲の枯れ木に緑が戻るのはもう少し先である。朝の都心部は靄がかかったように写る。

景観—春

4 陽の反射道
(2019.4.17)

都心部へ　陽の反射道　延びており

　　朝の散歩は、西野市民の森の遊歩道の南側出入り口まで行く。ここでドローンを飛ばし空撮を行う。陽が高くなると市街部が光って写り、朝日の反射道が延びている。撮影後小川沿いの散策路を通り西野西公園に出る。途中クマゲラと遭遇する。

5 空から辿る散歩道
(2019.4.18)

空撮や　目で辿りたる　六千歩

　　クマゲラの巣のある木からかなり離れたところで
ドローンを飛ばして空撮を行う。空撮写真で自宅を
確認し、今朝の散歩のルートを目で辿る。西野西
公園の小山と野球場が写っている。この小山の緑
を通って帰宅した。歩数は六千歩を超えていた。

6 クマゲラの巣
(2019.4.20)

クマゲラは　幹の黒塊こくかい　撮り得たり

　　全球パノラマ写真に野鳥を撮り込むと野鳥は小さく写る。野鳥は望遠レンズで拡大撮影が通り相場である。それでもあえて野鳥の居る風景をパノラマ写真に撮ってみる。木の幹に巣穴を空けたクマゲラが木の幹に止まっているところを狙い撮影する。

7 森の道での日の出空撮
(2019.4.22)

満月を　三日過ぎれば　月が欠け

　早朝の探鳥散歩に出掛ける。途中で日の出の空撮パノラマ写真を撮る。西の空には月があり、満月から3日も経つと月が欠けてくる。日の出の位置も北にずれていくけれど、日毎に目立つほどでもない。これに対して月の欠け方は夜毎に分かる。

景観一春

8 鳥の目で見る日の出
(2019.4.23)

鳥の目で　見る日の出なり　ドローン撮

　　野鳥を撮りに行く森の縁で日の出の写真の空撮
を行う。陽が地平線から昇ってくるところを狙って
撮影する。陽の昇り始めにドローンを回転させカメ
ラを上下に振って46枚の写真を撮る。撮り終える
頃には日の出はさらに進んで陽が大きくなる。

9 新緑前のコブシの花
(2019.4.24)

枯れ木山　新緑前に　コブシ花

　散策路で緑の戻っていない木立の間からドローンを上げ空撮を行う。一面の枯れ木色の中に白い点状のものが写る。コブシの木花で、50mの上空からのコブシの花見である。コブシの花の後は山が新緑で覆われる。その季節がすぐそこに近づいている。

10 新緑とコブシの花
(2019.5.3)

そこここに　春の斤候　コブシ花

朝西野市民の森を突き抜ける散策路を探鳥散歩。
途中、上空が少し開けた場所でドローンを飛ばして空撮を行う。木の枝に機体が接触しないように慎重に飛行させる。薄緑の新緑に白いコブシの花が混じっている。ピンク色はヤマザクラの花である。

11 街に迫る新緑
(2019.5.22)

新緑や　緑塊雪崩（りょくかいなだれ）　街迫る

　西野市民の森の251峰を通過する散策路を歩く。251峰近くの上空が開けたところを選んで100m上空にドローンを飛ばし空撮を行う。森に緑が戻ってきて、緑の塊が西野の街にころげ落ちそうに見える。パノラマ写真で空から我が家を確かめる。

景観ー春

12 コロナ禍の春の日の出
(2020.4.3)

ウイルス禍　山林歩き　日の出撮る

　　新型コロナウイルス禍で外出自粛要請に従う高齢者が、身体を動かす機会が減り体調が悪くなるニュースに接する。確かに人混みの街中に出掛ける気は起こらないので、我が方も運動不足である。日の出時に誰も居ない林を歩き運動不足解消に努める。

13 空から見る春先の森の道
(2020.4.7)

春先や　空からなぞる　森の雪道（みち）

　西野市民の森の散策路は宮丘公園から道が分かれる。公園と市民の森の道の分岐点近くでドローンを上げ100m上空から空撮を試みる。人が歩く道の雪が踏み固められ、解けずに残っていて、葉の無い木々の間を延びているのが写真で確認できる。

14 鳥果に代えたナニワズ

(2020.4.14)

ナニワズを　鳥果に代えて　日の出かな

　　今朝も日の出にやっと間に合って空撮を行う。東空に昇る陽、南西の空に残る月が写る。撮影前後で野鳥を探しても今朝は鳥影が無い。久し振りに西野の市民の森の散策路を一周する。スプリングエフェメラルは無くナニワズを撮り野鳥に代える。

15 春最初に撮ったエゾエンゴサク
（2020.4.21）

初撮りの　エゾエンゴサク　空で見る

　西野市民の森の散策路を歩く。道の脇にエゾエンゴサクが咲いている。エンレイソウは未だである。散策路の上にドローンを上げて上空から森の様子を撮ってみる。木々に葉が無く光が地面まで届く内がスプリングエフェメラルの花の時である。

16 緑の戻ってきた森の道
(2020.4.28)

残雪の　白さに並び　笹緑

　　西野市民の森の散策路近くでドローンを上げ空撮を行う。枯木色で覆われた林の中に居残る積雪とフキノトウと熊笹の緑が並んで見える。これにコブシの白、山桜のピンクが加わり、残雪がすっかり消える頃には木々の緑が戻って来ているだろう。

17 コロナ禍の春
(2020.5.2)

コロナ禍や　森の道行き　癒しかな

　　午前中に天気が回復し、人に会わない西野市民の森の散策路に出掛ける。道端の山野草を確認しながら歩く。詳しくは同定できないスミレ、エゾエンゴサク、ヒメイチゲ、フッキソウ、ヒトリシズカ等を撮影して、空撮パノラマ写真に貼りつける。

18 ヤマザクラ
(2020.5.3)

ヤマザクラ　空に咲かせて　花曇り

　　今日は気温が上がる。午前中西野市民の森の散策路を歩く。散策路につながる途中の道でドローンを上げて空撮。開花したヤマザクラの花を空中からのシングルショットで撮り、空撮写真の空に貼りつける。霞んだ空で花曇りの表現が当てはまる。

19 散策路入り口の注意看板
(2020.5.3)

ウイルスも　新着注意　森の道

　　西野市民の森の散策路入口のところに、市民へ
の注意の看板が設置されている。ヒグマ、スズメ
バチ、マムシが従来から要注意の御三家である。
近年はこれにマダニが加わっている。さらに最近
は新型コロナウイルスで、注意の新掲示が見える。

20 緑の戻った森
(2020.5.11)

コロナ禍や　季節の巡り　止め得ず

　　運動と探鳥を兼ねて西野市民の森の散策路を歩く。途中、散策路の傍でドローンを上げて空撮を行う。森の緑がかなり濃くなってきている。サクランボの白い花も目立っている。それにしてもコロナ禍の今年はサクランボ園は開園するのだろうか。

21 朝食前の散歩道での空撮
(2017.8.31)

空撮で　我が家認めて　朝餉前

　朝の散歩時に市民の森の散策路近くでドローンを飛ばし空撮。上空から自宅が見えるので、パノラマ写真合成後、自宅付近を拡大してみる。2階のベランダの白い柵が認められる。散歩は撮影場所から宮丘公園に抜けて帰宅。その後、朝食となる。

景観一夏

22 市民の森近くの日の出空撮

(2017.9.5)

日の出時は　蚊の多き事　誤算なり

散歩道で日の出時の空撮を行う。誤算はこの時間帯に蚊が多い事で、両手でドローンの操縦を行っていて、蚊を追い払えない。日の出の空の方向では地上が暗く写るので、全球パノラマ写真にすると地上の明暗が区切られて表示され、課題である。

景観一夏

23 市民の森近くでの空撮
(2017.9.25)

呼び起こす　飛行手順や　老いの趣味

　　パノラマ写真の空撮を行う手順を忘れぬように
と、早朝ドローンを飛ばす。処理した空撮パノラマ
写真に西野の街から遠く都心部のビル街まで写っ
ている。三角山、円山、藻岩山は黒いシルエットに
なる。写真を回転させると石狩の海も見えてくる。

景観一夏

24 緑の森の空撮

(2019.6.7)

木の隙間　芥子粒大の　我が姿

西野市民の森につながる道でドローンを上げて
空撮を行う。カメラの下に広がる森は夏の濃い緑
で埋め尽くされている。この濃い緑の天空への隙
間がドローンの飛行ルートとなる。ドローンの真下
にいて操縦している自分の姿が芥子粒大で写る。

25 盛夏の251峰(2019.7.28)

朝6時　汗の噴き出て　ピークかな

　　西野市民の森の散策路を歩く。宮丘公園側から
入り、中の川の方向に出る。途中251峰を通過す
る。丁度朝の6時でも汗が噴き出す。以前はこの
程度の道なら余裕の歩きだったのに、登坂がきつ
い。高齢者になるとはこんな事かと身体で感じる。

26 市街地に迫る森

(2019.7.29)

市街地と　森せめぎ合い　夏の陣

　早朝市民の森の散策路でドローンを飛ばし空撮を行う。ドローンの下には緑の森が広がっている。空から見ると森と住宅街がはっきり分かれていて、緑の塊の軍団が山から平地の住宅街に攻め込んで、それを住宅街が応戦しているようにも見える。

27 熊情報(2019.8.5)

ツチアケビ　撮る時に聞く　熊情報

　　今朝撮影した西野市民の森のツチアケビのある
散策路のパノラマ写真を処理する。この写真を撮っ
ていたら、毎日運動のため速足で歩く人が遠目に
熊の姿を見たので戻って来たと話して通り過ぎる。
熊を一度写真に撮ってみたいが、恐ろしくもある。

28 251峰のベンチ

(2019.8.5)

木漏れ日の　朝日が写り　森の道

　真夏日が続くようになってからの早朝散歩は、木陰の多い西野市民の森を選ぶようになっている。散策路の一番高いところに「251峰」の標識と木製ベンチがある。記録の意味も込めてベンチのところでパノラマ写真を撮る。木漏れ日の朝日が写る。

29 宮丘公園から入る散策路
(2019.8.7)

薄暗き　森の道行き　汗噴き出

　毎朝の散歩コースの西野市民の森の宮丘公園に
接する入り口のところでパノラマ写真を撮る。案
内板に出口まで約2kmとある。自宅からこの入
口まで来るのが面倒で、いつもはショートカット
で散策路に入る。薄暗い森の道でも汗が噴き出る。

景観一夏

30 リスの潜む木 (2019.8.15)

見上げる木　リスはどこかと　クイズなり

ひんやりと感じる朝の大気の中、西野市民の森を歩く。木の上から音がしてリスだろうと見上げる。とっさの事でリスを撮り損なう。木の全体を撮った写真にリスが写っているだろうと捜して見つける。写真中にリスはどこに居るかとクイズである。

31 セミの抜け殻 (2019.8.19)

抜け殻や　秋への土産　夏進行

新聞に今日の最高気温29度、最低気温19度とある。朝、西野市民の森を歩くと肌寒いくらいである。白樺の幹にセミの抜け殻がある。生きたセミは夏と共に飛び行き、抜け殻が秋に引き継がれた感じである。いつもの汗だくがそれほどでもない。

32 夏の森のパノラマ写真

(2019.8.21)

期待した　リスは写らず　夏木立

　リスを撮った西野市民の森散歩道で、あるいはリスが写っているかとパノラマ写真を撮る。合成したパノラマ写真を拡大してもリスの姿は無い。動く動物をパノラマ写真に取り込めると面白いけれど、これは極めて難しい。散歩道を記録として残す。

景観ー夏

33 ベンチに残されたツチアケビの実
（2019.9.5）

ツチアケビ
赤実残され
ベンチ上

西野市民の森の251峰のところに木製ベンチがあり、その上にツチアケビの赤い実が置かれている。誰かが採ってここに置いたのだろう。ここに残しておくぐらいなら元の場所にそのままにしておけばよいものを、と思う。光合成無しで実が生る。

景観―夏

34 真夏日 (2019.9.9)

真夏日や　森虫多く　不快汗（ふかいかん）

　早朝散歩に出掛ける時、雲から顔を出して昇ってくる朝日を撮る。太陽の輪郭がはっきり写らず棚引く雲に焦点が合う。今日も真夏日の予報で、暑くならぬ内に森の道を1万歩近く歩く。蚊や虫が多く、汗も噴き出し清々しい気持ちの散歩にはならず。

35 カタツムリ(2019.9.14)

散策路 標識横に カタツムリ

西野市民の森は隠れ散策路の趣で、早朝の散歩で出会う人はほとんど居ない。日中でも居ないかもしれない。しかし、散策路の標識が木の幹に取り付けられてある。標識の傍にカタツムリが這っている。薄暗くてフラッシュでカタツムリの殻が光る。

36 アカゲラの居る森
(2019.9.24)

アカゲラを　クイズ設問　探したり

　森の道で野鳥に出遭うけれど、シャッターチャン
スを生かせない。ズームレンズでズームインにする
と野鳥が視界から飛び出る。ズームアウトでは鳥影
がどこに写っているか分からない。写真にアカゲラ
が写っていてもどこに居るかクイズである。

37 落ち葉の散策路
(2019.9.25)

秋予告　落ち葉覆いて　散策路

　西野市民の森の251峰のところでパノラマ写真を撮る。秋に向かい落ち葉が人影の無い散策路を覆い始めた。今年はこの道を日課のように散歩してもう何回通ったことだろうか。写真の被写体を探しながら足腰の衰えを少しでも防ごうと歩いている。

38 重複する行き先案内板
(2019.9.26)

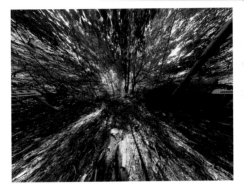

行き先板　二つもありて　二重なり

　　西野市民の森の散策路に左右の矢印付の散策路
の案内板が二つ立っている。右と左から来た人に
そのまま歩くと散策路であると伝えている。しかし、
一本道なのでこの道が散策路であることを知らせ
る案内板は一つでよく、二つ並べるまでもない。

景観一夏

39 高台 (2019.9.29)

見晴らしを　居残る夏が　遮りて

西野市民の森の出入り口のある西野西公園には
小高い場所があり、急な階段を登って着く。頂上
に立つと木の間から下の方に街が見える。木の葉
が少し色づき始め、遊歩道を枯葉が覆い始めてい
る。木の葉が落ちると見晴らしの良い場所となる。

景観－夏

40 木の標識 (2019.10.3)

標識を　読み知識得る　森の道

　　森の道でミズキの標識が目に止まる。「水木」
の名前の通り春先にこの木を伐ると樹液がたくさ
ん出てくることからの命名と知る。冬に枝先が真っ
赤になるので正月の繭（まゆ）玉飾りに使われる
と初めて知る。歩いていて新知識を仕入れている。

41 風(2019.10.13)

強き風　写真に撮れず　落ち葉かな

　台風の影響で風が強い。風の強い様子を写真に
撮るのが難しい。木の葉が空中に舞っているところ
を撮れば風の存在が示せる。しかし、飛ぶ鳥と同
様に空中にある木の葉を捉まえられない。そこで
木の葉が風で落ちて山道を覆っている様子を撮る。

目の前に 黄葉雪崩 手稲山

秋晴れの天気。西野市民の森に入る手前で空撮を行う。西野の街の道路が朝日で光って写る。100m上空から全球パノラマ写真を撮ると、平地より一足先に黄葉が盛りを迎えている手稲山の山頂付近の景観が写る。森の道に入り落ち葉を踏んで歩く。

43 秋日和 (2019.10.23)

柔らかき　秋の陽の中　散歩撮

　ホテルでの朝食会に出席したため、朝の散歩は取り止め。ホテルから戻っていつも歩いている道で、黄葉の木々と街のビル群の写真を撮ってみる。同じ景観でも朝と午後ではかなり異なって見える。野鳥やリスは午後になると見つけるのが難しい。

景観一秋

44 黄葉の251峰

(2019.10.24)

黄葉の　ピーク撮影　最高所

　　最近よく歩く西野市民の森の散策路の黄葉は
ピークに達している。散策路は落ち葉で絨毯のよう
になっていて、足裏に落ち葉の重なりの弾力を感じ
る。散策路の一番高所の251峰のところでパノラ
マ写真を撮る。朽木にかけたカメラも写っている。

45 落ち葉の絨毯
(2019.10.25)

黄絨毯 厚みを増せば 枝寂し

西野市民の森の車止めのところに落ち葉の絨毯の光景が出現している。黄葉の絨毯の中央に立ちパノラマ写真を撮影する。撮影時にもどんどん枝から落ち葉が舞ってくる。地面の絨毯が厚みを増せば、反比例して枝の黄葉は薄くなり消えてしまう。

景観一秋

46 落ち葉の中のツチアケビ
(2019.10.26)

見つけるは　至難の技で　ツチアケビ

朝から曇りで天気はあまり良くない。森の坂道は枯葉で覆われ、道の岩が枯葉に隠されるほどになって来ている。坂道の途中でパノラマ写真を撮る。写真には小さくツチアケビの赤い実が写っているけれど、枯葉色の中では見つけるのが困難である。

景観一秋

47 秋のRGY (2019.10.26)

RGY 三原色で 森の秋
あーるじーわい

秋の森の三原色はR（赤）G（緑）Y（黄色）である。黄葉をバックにして楓の赤が冴える。熊笹はこの季節でも緑を保っている。秋の森の色は豊かだ。しかし、この見事な色の組み合わせもやがて雪の白で塗り込められる。木の幹の茶色だけが残る。

景観一秋

黄葉木 葉落した木と 斑なり

　西野市民の森の散策路は高い木で囲まれていて、ここからドローンを上げて空撮を行うのが難しい。そこで道から外れた上空が開けたところでドローンを飛行させる。秋晴れの空の下、未だ黄葉が見られる領域と既に葉が散った森が斑模様である。

49 秋の果樹園
(2019.10.28)

鉄パイプ　ここ果樹園と　教えたり

　　西野市民の森の散策路は宮丘公園から西野西公園まで続く。宮丘公園近くの道はさくらんぼの果樹園の横を通る。林に囲まれた果樹園は地上では見えない。ドローンを上げ空撮すると、シーズン終了後のサクランボを覆う鉄パイプの屋根組みが写る。

50 贅沢な秋の景観
(2019.10.29)

贅沢感 満喫したり 隠れ道

隠れ散策路の趣のある西野市民の森を朝歩いていて人に会う事は稀である。それでも散策路は整備されていて、岩が出ていても枯葉で敷き詰められた道を写真の被写体を探しながら歩く。大都会に接していながら贅沢な気分を味わえる場所である。

51 道選び (2019.10.29)

交差点
　野鳥に賭けて
　　道選び

　写真に撮った森の道は南北方向に延びる。木の影から朝の太陽が南寄りの東の空にあるのが分かる。道の先に中の川が流れていて、それを越えると市民の森の南側の散策路につながる。この場所で東西に延びる道が交差し野鳥の居そうな道を選ぶ。

52 隙間の現れた森の道
(2019.10.31)

森の道　木々の隙間や　街の見え

　　今日で 10 月は終わりである。晴れや雨の変わり
易い天気の中森の道を歩く。木の葉は日毎に散っ
て木々の隙間から下の方に広がる西区や手稲区の
街並みが透けて見えるようになって来ている。枝に
残っている紅葉が散ってしまうのも時間の問題だ。

身構える　ヒグマ生息　注意書き

　　森の道の脇に少し入ったところの木の幹に注意書きがある。ヒグマ生息モニタリング試験実施中とある。モニタリングを行っているからには、ヒグマが現れても不思議は無い。しかし、この道でヒグマの姿を見たことは無い。もし出遭ったら恐ろしい。

景観－秋

54 クマゲラの穿ち穴
(2019.11.4)

クマゲラは　写真に写らず　穿ち穴

　　野鳥を全球パノラマ写真に撮り込むのは難しい。
野鳥がよほど近くに居ないと全視界に占める野鳥の
領域が小さくなり過ぎ、写真で判別できない。クマ
ゲラが穴を開けている最中のパノラマ写真には幹に
穿った穴は辛うじて見えても鳥影は写らない。

55 風車の見える風景

(2019.11.6)

葉の落ちて　風車現れ　秋深し

森の散策路を囲んでいる木々の落葉が進み、見晴らしが良くなってきた。東西に延びる散策路から北の方向を見下ろすと、木の間に風車小屋が見える。宮の沢にある特別養護老人ホームの施設である。風力発電を行っているのかどうかは分からない。

56 リスの写る風景(2019.11.7)

拡大の　風景写真　リス写り

　森の道を歩いていて急にリスと遭遇する事がある。撮影の準備をしていないので、カメラの電源を入れレンズを向けた時にはリスの姿は視界から消えている。リスに焦点を合わせる余裕もなく撮った風景写真を拡大してみるとリスが写っている。

57 木の間から見る我が家
(2019.11.7)

木の隙間　我が家の見えて　森の道

　　木の葉が落ちた森の散策路から東の方向に我が
家が見えるか確認。それらしい家があるのでズー
ムインで拡大写真を撮る。パソコンに表示すると黒
い三角屋根に煙突の我が家が写っている。地図で
見て 500m はあると思われる距離が縮まって写る。

景観一秋

58 雪の枯れ葉道
(2019.11.8)

森の道　早くも冬の　飾り付け

　立冬の森の枯葉の道は薄っすらと雪で覆われている。昨夜降った雪である。積もるといった程でもなく、気温が上がれば解けてしまうだろう。しかし、森の道に雪を見れば、秋から冬に季節が移行していると実感できる。リスも野鳥も見なかった。

59 ツチアケビの写る全球写真
(2019.11.13)

全球の 写真に赤く ツチアケビ

　一面枯葉が敷かれた森の道で赤いツチアケビの実が目に入る。この実が全球パノラマ写真に写るかどうか撮影する。小さいながらも赤い実の存在を確認できる。カラマツを除けば木々の落葉は終わっている。この道が雪で覆われるのも間近である。

60 クマゲラのクイズ風景
(2019.11.19)

設問は クマゲラ居場所 クイズかな

　　西野市民の森の出入り口のところでクマゲラに出
遭う。クマゲラが地上に降りて朽木を突いていると
ころをパノラマ写真に撮ってみる。クマゲラは写っ
ているけれど、この大きさでは撮影者でなければ鳥
影を見つけられない。でもクイズの設問にする。

景観一秋

61 積雪の上を歩く
(2019.1.3)

裏山で　足取る雪に　苦闘かな

運動のためスノーシューを履いて裏山を歩く。雪で覆われた笹薮で、所々で足が埋まり坂をなかなか登れない。途中でドローンを飛ばして空撮を行う。処理した写真を見ると、自宅からそれほど遠くないところで積雪と苦闘しているのが分かる。

景観－冬

62 251峰での空撮
(2019.1.4)

低山や 高さ加えた 眺めなり

　午前中西野市民の森を歩く。約2kmの距離の遊歩道なのだが、途中251峰地点があり低山の冬山登山の感じである。このピークの少し下の上空が開けたところでドローンを100mの高さに上げ空撮。三角山の山頂がここにあり登山した眺望である。

63 100m上空からの空撮

(2019.1.5)

撮影者　米粒大で　写るなり

　日課のようになっているスノーシューを履いての裏山散策。ついでにドローンを上げての空撮も見慣れた風景の写真となる。今日は少し風があるけれど、100mの上空まで飛ばし、そこから直下を見てパノラマ写真撮影。撮影者は米粒大で写る。

景観－冬

64 野鳥撮影の林の空撮
（2019.1.30）

野鳥撮り　こんな林と　ドローン撮

　久し振りの天気で西野市民の森の遊歩道近くまで新雪をラッセルしながら散歩する。林の開けたところでドローンを飛ばして空撮を行う。空撮後は林に入って野鳥を探す。アカゲラやシジュウカラを見つけて撮影。空撮より野鳥撮りの方が難しい。

雪落ちて　三角屋根の　我が家かな

　　寒さはそれほどでもなく、雪山散歩日和なので裏山に出掛ける。散歩道の途中で空撮を行う。無落雪屋根が雪で白くなっているところに、三角の黒い屋根の我が家が見えている。建国記念日の祝日と重なり、雪まつり最終日で会場は混んでいるだろう。

66 締まり雪の上での空撮
(2019.2.26)

埋まる足　春は未だ先　締まり雪

　午前中天気が良かったので裏山を歩く。春先は締まり雪で積雪の上を長靴で歩いて行けるのだが、未だ雪の締まり具合が十分でなく、所々で深く埋まるので、用心してスノーシューを履く。上空の開けたところでドローンを飛ばし空撮を行う。

67 空撮に写る根開け
(2019.3.30)

雪残る　森で空撮　大都会

　快晴の朝。固雪の上を森の中まで踏み込んで歩く。西野市民の森の散策路近くで、ドローンを上げ空撮を行う。空からだと札幌の都心部から石狩湾まで見渡せる。山林の積雪もかなり解け始めていて、ドローン直下の木々の根開けの様子が写る。

68 森の道の積雪対応
(2019.11.21)

雪かきの
スコップ目に入る
森の道

　朝の散歩で西野市民の森の251峰を通る。木製ベンチが雪で覆われている。その傍らの木のところに雪スコップが置かれているのに気づく。雪が深くなったら使用するのだろうと推測できても、誰がどのような状況でそれを行うのかは不明である。

景観―冬

69 歩く人の居る森の雪道
(2019.11.27)

雪の森 歩く人居て 道の出来

　防寒着に長靴で雪道は歩き難く、森の道を一周するのをためらう。しかし、楽をしていると運動不足になると思い直し、歩いていると251峰のところまで辿り着く。ここでパノラマ写真を撮影する。途中リスを見かけたが野鳥には出遭わなかった。

70 足跡の無い散策路
(2019.11.30)

散策路　歩く人無く　雪の道

　西野市民の森の南側の散策路を歩く。積雪の上に鹿やリスの足跡はあるものの人の歩いた跡は無い。大きな木の幹に散策路の標識がある。ここでパノラマ写真を撮影する。ここから北西方向に歩くと中の川にぶつかり、川を越し東に歩き帰宅する。

景観一冬

71 少雪の記録
(2019.12.22)

少雪の　記録景撮る　森の道

　今冬は今のところ雪が極端に少ない。西野市民の森の散策路は長靴で歩いても足が埋まるほどでもない。散策路の一番高いところの251峰付近でパノラマ写真を撮り、少雪の記録である。この道を歩いた人の足跡が残っている。今日は冬至である。

景観一冬

72 つぼ足歩きの雪道

(2020.1.9)

少雪や つぼ足で行く 森の道

天気が良いので久し振りに森の道を歩く。例年ならスノーシューを履いていくのに、今年は長靴のつぼ足で歩けるほど雪が少ない。雪まつりの大雪像製作のための雪集めに苦労している報道を実感する。少雪の記録のため雪道でパノラマ写真を撮る。

景観一冬

73 カラスの写る全球写真
(2020.1.10)

少雪を　カラス訴え　声の煩(うるさ)き

年が明けてもまとまった雪は降らず、今冬は異常なほど雪が少ない。少雪の記録にと西野市民の森の251峰の標札を入れてパノラマ写真を撮る。写真を撮っているとカラスが1羽居て盛んに鳴いている。そのカラスが全球パノラマ写真に写っている。

雪の筋　空から確認　散策路

朝天気が良かったので西野市民の森の散策路を歩く。散策路に入る手前でドローンを飛ばし空撮。散策路の雪道が葉を落とした木の間に続いているのが空から確認できる。天気予報ではこの後一時雪で、散歩を終える頃は予報通り雪が降ってくる。

75 クマゲラが写る散策路
（2020.1.14）

写真中　クマゲラ探し　至難なり

クマゲラが木に巣穴を穿っているところを全球パノラマ写真に撮ってみる。クマゲラの居る木にあまり近づけないので、遠くからの撮影で、クマゲラは木の幹の小さい黒い部分で写る。クマゲラがどこに写っているかは撮影者でなければ分からない。

景観—冬

76 空撮に写る鹿の足跡
(2020.1.17)

空撮や　クマゲラの森　鹿の跡

　雪に覆われ、サクランボの木の並んだ果樹園がある。その周囲に雑木林があり、クマゲラの棲息地でもある。空撮でクマゲラを見つけるのは無理な話であるけれど、鹿の足跡は雪の上にプリントされて写っている。これは写真を拡大すると分かる。

景観一冬

77 春陽気中での空撮
(2020.2.13)

空撮や　春の陽気で　霞む景

　天気が良く風も無いので裏山でドローンを飛ばし空撮を行う。幅広の西野・屯田通に車が連なっているのが見える。右折しようとしている車列である。高い気温のせいか都心部は霞んでいる。足元の雪は緩んでいて、長靴だけで歩くのが困難である。

スノーシュー 履いて追い越す 人の居り

　久し振りに市民の森を歩く。今冬初めてスノーシューを履く。人が歩いて雪が固まった道はスノーシューを外して長靴歩きにする。251峰近くで写真を撮っていると、スノーシューを履いて追い越して行く人がいる。期待した鳥果はさっぱりである。

79 ワカンを履いて行く森の道
(2020.3.27)

ワカン履き　鳥撮り空撮　難事なり

　ワカンを履いていても所々で雪解けが進む積雪に
埋まりながら西野市民の森の散策路を歩く。足元に
注意を集中して、目を上げて野鳥観察をする余裕が
ない。それでもオオアカゲラを見つけて撮影する。
撮影場所の近くでドローンを上げ空撮する。

景観―冬

80 逃げる春(2020.4.3)

黒色を　雪が隠して　春逃げる

昨夜からの雪で冬に逆戻りの朝景色である。空からこの雪景色を写そうとドローンを抱えて裏山に行く。雪が少し降っていて、日の出の光も弱い。昨日まで黒く写っていた道路も屋根も一面の白の世界である。札幌の春は一時的にまた遠のいた。

景観一冬

81 オオハナウド (2019.5.31)

日にかざし　日を遮りて　花日傘

　西野西公園ではオオハナウドが花盛りである。
草丈のある大型の花なので遠目でも見栄えがする。
花茎が先端で枝分かれし、その先に白い花が群生
するので、それ自体で花束か花傘のように見える。
5月も最後の日で季節は晩春から初夏に移る。

82 ツチアケビの花(2019.8.3)

散策路
葉の無き花や
ツチアケビ

西野市民の森の散策路で奇妙な花を見つける。緑の葉が無く、赤色の花茎に花が咲いている。帰宅して図鑑で調べるとラン科のツチアケビである。果実をアケビに見立てての命名である。未だ実が無く、夏が過ぎてから実を見ることができそうだ。

83 野イチゴ(2019.8.13)

野イチゴの　赤実に惹かれ　カメラ向け

　　早朝の西野市民の森の散策路は薄暗い。この季
節、繁った木々や笹の緑ばかりが目につき被写体
となるものがない。その中で野イチゴの実を見つけ
る。野イチゴといっても種類があるだろうが、花を
見ていないので実だけでは詳細な同定ができない。

84 ミズヒキ(2019.8.21)

ミズヒキや　夏と秋とを　結びたり

ミズヒキを撮ってみる。小さな蕾が長い花茎に付いているので、全体に焦点が合うように撮るのが難しい。左右（上下）の蕾がレンズから等距離にあるようにして全体がなるべくぼけないようにしてみる。花が咲いた時にまた撮ってみようと思う。

85 ホウキタケ (2019.8.26)

箒似て 掃くに使えず ホウキタケ

秋はキノコの季節でもある。西野市民の森の道端で棒を密に上に伸ばしたようなキノコを見つける。ホウキタケの一種らしい。インターネットで調べても詳細な名前には辿りつけなかった。キノコの形状は千差万別で、写真を撮っても同定は難しい。

86 ツリフネソウ(2019.9.2)

森の道　撮るに価値あり　ツリフネソウ

　　この時期、森の道に花はあまり咲いていないけれど、ツリフネソウが目に留まる。薄暗い場所に咲いていて、手振れを起こさないように慎重に撮る。自宅庭にも咲いていて珍しい花ではなくても、森の散歩道で見つけると撮影価値のある花となる。

来年の　花撮影の　場所記憶

　森の道で今朝もツチアケビの新しい株を見つける。実は大きくなっているけれど、2個しかない。隣の株には1個の実も無い。摘み取られたのかもしれない。来年はラン科のツチアケビの花を撮ってみようと思っていて、場所の記憶を残そうとする。

花・植物

88 ミゾソバ(2019.9.10)

ミゾソバは　可憐なる花　水辺傍

森の道でミゾソバの花を撮る。溝のような湿った
場所に咲き、ソバの花に似ているので花名となる。
小さな花が集まって咲く。花が小さいのでマクロレ
ンズで接写する。写真を拡大して見ると5弁の花で、
花弁の中心は白から縁の桃色に変化する。

森の道　卵の落ちて　キノコなり

　　成長し出したタマゴタケを見つける。しかし、タマゴタケは赤い色なのにこれは本当に卵色である。チャタマゴタケのようである。ネットには珍菌との説明もある。一両日で大きな傘のキノコになるだろう。その時また見つけられれば写真を撮ろう。

90 サラシナショウマ
(2019.9.17)

目を射たり
サラシナショウマ
白き花

　薄暗い茂みに白い花が目を射るように咲いている。サラシナショウマの花である。漢字では晒菜升麻で若菜を茹で水に晒して山菜として食する事に由来する。升麻は生薬で解熱、解毒、抗炎症作用があると解説にあるけれどお世話になった事はない。

91 オオウバユリの実

(2019.9.20)

枯死を待つ
緑実を撮る
寒さかな

　朝の気温は低くなる。昨日は大雪山の降雪の
ニュースに接していて、寒い訳である。散歩時にウィ
ンドブレーカーを着込んで出掛ける。オオウバユリ
の実を見かけて撮る。実は未だ緑でここでは夏が
居残っている。この実と共に、この株は枯死する。

92 トリカブト (2019.9.26)

毒草や　役に立ちたり　森の道

　　夏から秋に向かおうとしている森の道で目につく
花はサラシナショウマ、アキノキリンソウ、ミズヒ
キ、イヌタデ、野菊にトリカブト等である。毒草ト
リカブトは見て写真を撮るだけなら、花の少ないこ
の時期の森の中では貴重な被写体である。

93 マムシグサの実(2019.10.7)

旨そうな
赤実毒あり
マムシグサ

マムシグサの実の赤い色が目に飛び込んでくる。近寄って写真を撮る。茎（葉鞘）の部分にある斑模様がマムシのそれに似ている事からこの名前が付いた。花が咲くころ苞がマムシが鎌首をもたげた形からの命名かと思っていた。実や根に毒がある。

94 フキノトウ(2020.4.10)

氷粒　陽に輝きて　フキノトウ

夜に降った雪が解けずにフキノトウの周囲を埋めている。雪というより霰だったようで氷の粒が朝日に輝いている。その上を歩くとサクサクと音がして気持ちが良い。雪の中のフキノトウは春の訪れの印象を強める。雌雄株があり写真は雄株である。

95 シラネアオイ (2020.5.7)

春芙蓉　萼は筒閉じ　蕾かな

　西野市民の森の散策路を歩いていてシラネアオイの花を一株見つける。未だ蕾でリンドウのような筒形である。これから花が開く。花弁と思っていたのは萼で開くと4枚になる。日光白根山に多く自生するのでこの花名になる。春芙蓉の別名がある。

96 アミガサタケ (2020.5.12)

アミガサは
高級食材
キノコなり

森の道を歩いていてアミガサタケを見つける。帰宅してネットで調べると欧米では高級食材として珍重されるとある。一方日本ではほとんど食用にされていないキノコであり、食べる気にはならない。試食した人が居られれば感想を聞いてみたい。

97 ルイヨウボタン(2020.5.16)

葉を比べ 牡丹の花名 認めたり

森の散策路で、今まで見た記憶のない花を見つける。花弁と萼は6枚で複葉である。帰宅して調べてルイヨウボタンと知る。漢字表記では類葉牡丹で葉の形が牡丹の葉に似ているので命名とある。庭の牡丹の葉と比べると確かに似ていると言える。

98 ルイヨウショウマ
(2020.5.16)

類葉と　葉の似で名づけ　山野草

いつもは森の道で探鳥の視線を頭上に泳がせる。今日は足元に注意して歩く。ルイヨウボタンにつづいてルイヨウショウマを見つける。類葉升麻の字の通りサラシナショウマの葉に似ていて名前となる。形と大きさを別にして白い花の方も似ている。

99 ムラサキケマン (2020.5.20)

忘れたり　仏具の花名　華鬘花（けまん）

　花の形がエゾエンゴサクに似ている紫色の花が
目に留まる。この花の名前は憶えていたはずなの
に出てこない。帰宅して図鑑で調べてムラサキケ
マンに辿り着く。ケシ科キケマン属の有毒の花。
ケマン（華鬘）は仏堂に飾ってある荘厳具である。

100 オドリコソウとクルマバソウ
(2020.5.21)

踊り子を 車横から 眺めたり

　爪句集の原稿整理。市民の森の散策路の草花を
出来る限り多くの種類を取り上げようと、隣り合って
異なる花が咲いている写真を意図的に撮る。本
日撮影したオドリコソウ（右）とクルマバソウ（左）
が1枚の写真に収まったのでこれを採用する。

101 連理木(2019.7.29)

石を抱く　連理木目にし　不思議なり

　西野市民の森の散策路を歩いていて、連理の枝ならぬ連理の根を目にする。地表に現れた木の根が石を抱えて一度分離したものが再び一つの根になっている。連理木は一考してあり得ないと思われるけれど、自然界に存在する例がネットにあった。

樹木

102 ハイイヌガヤの実

(2019.9.19)

調べみて　ハイイヌガヤの　実と知れり

　森の道で低木の針葉樹に実が生っているのを見つける。写真に撮って帰宅して樹木図鑑やネットで調べる。ハイイヌガヤのようである。今までも目にしていたのに実を見つけた事でこの木の知識を得る。実は食用になるとの事で次回は試してみよう。

樹木

森の中　傍目気にせず　キスする木

　時々人に見えてくる木がある。今朝はキスしている人のような木である。別々の木の枝が成長しようとしてぶつかり合って成長が止まってしまったようである。横の木の幹にある痕が目玉のようで、キスする木を見つめているようにも見えて来る。

樹木

104 榀(2019.9.25)

榀の字は　樹名と知りて　森の道

　森の道で「シナノキ」の標識が幹に括り付けられているのを見つける。落葉高木で寒さに強く北海道でも自生する。説明に樹皮で布や縄を作ったとあり、利用価値のあった木である。花の咲く時期にどんな花か確かめたい。榀の漢字があるのを知る。

105 クサギの実 (2019.9.28)

五稜星　赤く輝き　クサギかな

　森の道を歩いていて、赤い五稜星の中心に紺色の円い実の生っている木を見つける。図鑑で調べるとクサギの木で葉に悪臭があるため臭木と呼ばれた。五稜星の部分は花の萼が変化したものである。萼と実が目立つので遠くから見つけて写真に撮る。

樹木

106 一人の観楓会 (2019.10.12)

紅葉を　一人で愛でる　観楓会

　　紅葉狩りの季節に入っている。この季節観楓会
の言葉も耳にするけれど、これは北海道独特の行
事の名前であるらしい。今朝は台風の影響か少し
風がある。台風を前に森の道で、一人で観楓会と
決め込む。楓が一足早く紅葉となり観楓に値する。

樹木

107 朴の実(2019.10.13)

朴の実が　道に残され　雪を待つ

　　森の道で赤い実を見つける。庭に朴の木があっ
た時に目にしていたので朴の実であると分かる。生
薬の一種で、民間伝承で用いられている。利用の
仕方も分からないので、写真を撮っただけで拾わ
なかった。雪に埋もれるまでそのまま残るだろう。

樹木

108 フッキソウの実
(2019.10.21)

見つけたり　木に生る真珠　富貴草（フッキソウ）

　森の道で真珠のような白い丸い実を見つける。富貴草（フッキソウ）の実である。名前に草がついていても常緑樹である。富貴に真珠と取り合わせが良い。春に花軸に輪生状の花が幾つも咲く。花軸の上部に雄花、下部に雌花が咲くのを初めて知る。

109 楓の紅葉(2019.10.28)

陽に透けて　柔らかき色　目の保養

　森の道の落葉樹はなべて黄紅葉が見事である訳では無い。そんな中で見応えのある色づいた木があって、これにはカメラを向けたくなる。１枚１枚がしっかりと見える楓がある。秋の陽に透けた色が柔らかく、小さな範囲の紅葉の世界を楽しむ。

樹木

110 イチョウ(2019.10.29)

黄葉の
名所や如何に
イチョウ撮る

　西野市民の森の散策路ではイチョウの木を目にする事はない。森へつながる道で若木の黄葉したイチョウの木があったので撮る。今年は黄葉が見事だと報道を耳にする。黄葉の名所北大のイチョウ並木は脅しメール対応で金葉祭が取り止めになる。

111 ナニワズ(2019.10.31)

青々と　枯葉の中で　ナニワズ木

　　枯葉の中に青々とした葉を広げ、花芽をつけて
いる植物がある。ナニワズの低木である。落葉樹
で夏に落葉し秋に新しい葉が出てこれから雪に埋
もれる。花の蕾も見え、雪が解け出す頃黄色い花
を咲かせる。森の道で見かける春一番の花である。

樹木

112 顔に見える幹(2019.11.1)

幹の口　開けば何を　語るかな

木の幹に人の顔を連想させる痕がある。クルミの木の幹にあるこの造形は人の目と今にも語りかけそうな口である。クルミの実がたわわにあった頃、リスの姿をよく見かけたけれど、実が落ちてリスの姿も消えた。11月に入って緑の葉が残っている。

113 黄金色に輝く葉 (2019.11.2)

散る前に　黄金(こがね)に光る　楓かな

　秋色づく葉に紅葉と黄葉がある。どちらが好み
かは人それぞれだろう。ほとんどの葉が散って、3
枚ばかり枝に残っている黄葉が陽の光で輝いてい
る。樹種ははっきりしないけれどイタヤカエデの
ようである。この葉が散るのも時間の問題である。

樹木

114 人体に見える木 (2019.11.2)

迷いたり
男、女か
両性か

視界に入って来る樹木で連想を逞しくする。逆さまに見ると人の体に見えてくる木がある。写真の木なんかもその例である。ただ、この木が男性に見えるか女性を連想するかは人によって違うだろう。両性を具備しているという意見もありそうだ。

樹木

旨(うま)そうな　ツルウメモドキ　実を見つけ

　　森の道でツルウメモドキの実を見つける。黄色の
果皮が三裂し、橙色の仮種皮が剥き出しになってい
る。仮種皮部分は野鳥に食べられ、種が散布される。
名前の通り梅の花に似た地味な色の花を咲かせる。
実の成った蔓枝は室内装飾に用いられる。

樹木

116 顔に見える蔦の枝
(2019.11.5)

蔦の枝　眼鏡の人の　顔になり

　西野市民の森をテーマに爪句集の出版を考えている。カテゴリー別で「樹木」の写真を集める。今朝の散歩で撮った蔦の枝の造形は、眼鏡をかけた人の顔に見えて面白いので爪句集の作品候補として取っておく。木の葉はほとんど落ちてしまった。

117 クマゲラの穿ち跡
(2019.11.6)

クマゲラの
大作業量

幹の穴

　２日前クマゲラが幹に穴を穿つ作業をしていた木で、穴の大きさを確認し写真に撮る。穴は幹の下の方にかなり延びていて、クマゲラの作業量に驚く。枯れ木でも幹は硬いと思われるのに、餌探しとはいえよくぞここまで穿ち進んだものである。

樹木

118 蔦(2020.1.14)

少雪や
立笹撮れば
大蛇蔦(った)

　今冬の雪の少なさは山道を歩いていて実感する。散策者により雪が踏み固められた道を長靴で歩いて行ける。道の脇の笹は、例年なら積雪に押しつぶされているのに、今冬は立ったままである。その立笹と大蛇のように木に巻き付いた蔦を撮る。

119 蔦の葉痕(2020.1.17)

カメラ掛け　見張りを頼む　人の顔

　　ドローンを飛ばそうと、カメラを近くの立木に掛
ける。木に蔦が絡みついていて、葉の取れた跡だ
ろうか、人の顔に見える部分がある。跡の両サイド
の樹皮を大きな耳に見立てると動物の貌のようでも
ある。地上のこういった自然の造形は面白い。

120 オニグルミの冬芽
(2020.3.9)

冬芽撮る
春の近づく
季節かな

　雪山を歩いていてオニグルミの冬芽を見つける。マクロレンズを持ち合わせていなかったのでスマホで撮る。スマホでもなかなかの写真が撮れる。オニグルミの冬芽は猿の顔に似ている。この面白い冬芽の造形を久し振りに撮って観賞している。

樹木

121 巣の中のクマゲラ
(2019.4.20)

許可を得ず　朝起きの顔　写真撮る

　　日の出と競走するようにクマゲラの巣まで歩いて行く。巣穴は奥が深いようで、穴の底にクマゲラが居る。しばらく待つと穴から顔を出して外の様子を伺っている。写真を撮っていると体を外に出しまた穴に入り、そのうち周囲の林に飛び去った。

野鳥

122 エゾムシクイ (2019.5.20)

同定難　エゾムシクイに　投じたり

　今朝の探鳥散歩で、西野西公園につながる散策
路で撮った野鳥を図鑑で調べる。ムシクイの仲間
らしい。センダイムシクイ、メボソムシクイ、ウグ
イスの可能性もある。嘴が心持ちずんぐりしている
のでエゾムシクイにしておく。野鳥同定は難しい。

123 センダイムシクイ
(2019.6.30)

札幌に　仙台の野鳥（とり）　飛び来たり

　早朝は涼しい。西野西公園の山道で野鳥の囀り
を耳にする。野鳥が飛び回っている。枝に止まっ
たところを辛うじて撮ることができた。ムシクイの
仲間と分かる。帰宅して図鑑の写真と比べてセン
ダイムシクイと同定。札幌なのに仙台かとふと思う。

野鳥

124 シジュウカラ(2019.10.10)

新緑と　見間違う中　野鳥撮り

　　木の周囲をシジュウカラが飛び回っていて何枚
か撮ってみる。黄葉前で緑が薄くなった葉が写り、
新緑の中で撮っているようだ。シジュウカラは季節
によって色変わりをすることはない。落葉後は野鳥
撮りには都合が良いけれど背景が寂しくなる。

125 ヤマガラ(2019.10.10)

盲撮り　ヤマガラ写り　当たりなり

　動きの速い野鳥を拡大画面に取り込もうとレンズのズーム操作をしているうちに野鳥の姿は消える。こうなるとズームの拡大はある程度抑えて、野鳥の居そうなところを盲撮りしてみる。後で画像を拡大して野鳥を探す。ヤマガラが写っていた。

野鳥

126 ハシブトガラ or コガラ
(2019.10.18)

野鳥撮り　ピント合うかは　運任せ

ハシブトガラかコガラが飛んでいる。枝に止まっ
たところを撮ろうとする。しかし、撮り易いとこ
ろに止まってはくれない。かなり遠くの所に止まっ
たのを撮る。途中に枝や木葉が無かったので、運
よく遠くの鳥影にピントが合った写真が得られた。

127 ツグミ(2019.11.9)

<ruby>啄<rt>ついば</rt></ruby>むは　ツルウメモドキ　ツグミかな

　ツルウメモドキの枝に止まっている野鳥を撮る。クリーム色の眉斑、濃い茶色の羽、胸の辺りの鱗斑の特徴からツグミである。ツグミは冬鳥と旅鳥がおり、この時期この森にいるのは冬鳥として越冬するのかな、と推測するけれど確信は持てない。

野鳥

128 ヤマゲラ(2019.11.13)

ヤマゲラを　上手く撮れずに　気落ちなり

西野市民の森ではクマゲラよりヤマゲラを見る機会が少ないと感じている。その少ない機会にヤマゲラを見つけて写真に撮るのだが、手前の枝にピントが合って肝腎のヤマゲラが枝被りのボケ気味の写真で気落ちする。野鳥撮りの技量が未熟である。

野鳥

129 シマエナガ(2019.12.11)

<ruby>抗<rt>あらが</rt></ruby>うか　ピント合わせに　シマエナガ

　森の道でシマエナガの写真を何枚か撮る。残念な事にどの写真もシマエナガにピントが合っていない。従ってシマエナガの部分を拡大するとボケた写真になり、鳥影だけを拡大できない。どうもこの野鳥はピント合わせに反抗しているみたいだ。

野鳥

130 シメ(2019.12.20)

下を見る　顔を写せば　強面(こわおもて)

　雪のちらつく中で見上げて撮った写真にシメが
写る。この野鳥はその強面の面構えに特徴がある。
目の縁の隈取のような黒毛が、威嚇するような顔
つきにさせている。アトリ科に属していて、アト
リを始めこの科の野鳥はずんぐりした嘴を持つ。

野鳥

美白脚　トレードマーク　カワガラス

　　カワガラスは全身が濃いチョコレート色で脚だけ
が白い。さらに目蓋が白くて、目を閉じた時白目の
ように見える。この白目を撮ったれどぼけた写真
となる。川の流れが暗く写り白い脚が浮き出て見え
る。背後の白い川氷が鳥影をはっきりさせる。

野鳥

132 コゲラ(2019.12.25)

枝の先　コゲラ曲芸　眺め撮り

　寒い朝だと、散歩だけなら長い距離は敬遠する。
しかし、野鳥撮りではそれなりに歩かないとシャッターチャンスが無いので、結局西野市民の森を歩き通す。出遭った野鳥はシジュウカラ、ヤマガラ、アカゲラ、コゲラといった見慣れた鳥達である。

我転び　逆さま野鳥　落ちずおり

　　夜の内にそれなりの雪が降り、森の道は軽い雪で覆われる。新雪の下に固められた雪道があり、これが曲者で滑って転倒。カメラが雪まみれで調子が悪くなる。回復してからゴジュウカラを撮る。野鳥の方は逆さまになっても木から滑り落ちない。

野鳥

134 アカゲラ (2020.1.9)

アカゲラの　良く飛ぶ日なり　陽差す森

　　久し振りの好天気で野鳥も気分が良いのか、森
の道でアカゲラを次々と見つける。違った個体のも
のを数羽追いかけ写真に収める。オオアカゲラや
クマゲラにも遭遇し、こちらも写真に撮ることが出
来た。運動にもなり鳥果の収穫もあった朝である。

135 巣作り中のクマゲラ
(2020.1.12)

巣作りや　穿つ度ごと　声発し

　運動も兼ねた日課の山歩き。鳥果はクマゲラが巣作りをしているところで雄のクマゲラを撮る。大きくえぐられた穴に上半身を突っ込み、取り出した木屑を外に投げる度ごとに鳴き声を発する。まるで今巣作りをしていると宣伝しているかのようだ。

野鳥

136 オオアカゲラ(2020.1.15)

見つけたり　大音の主　オオアカゲラ

　　オオアカゲラの出すドラミング音は大きい。雪
の降る静かな森に響き渡る音で、音の方向を探る。
音はすれども姿は見えず、を時々経験する。今朝
は音の主を見つける事ができた。雪降りで光が弱
く、オオアカゲラの赤いベレー帽の色が暗く写る。

137 キビタキ(2020.5.14)

ムギマキと　聞いて鳥果は　キビタキなり

　森の散策路で大きな望遠レンズを持った野鳥の撮り人とすれ違う。何か見つけたかと聞くとムギマキの答えが返ってくる。ムギマキを撮影したことが無いと思いながら少し歩いてムギマキに似た鳥を撮る。黄色の眉斑があるのでキビタキである。

野鳥

138 エゾライチョウ(2020.5.18)

写したり　珍しき野鳥　エゾライチョウ

羽音を立てて急に野鳥が木の枝に飛び上がる。鳥影がチラリと目に入り大型の鳥と認識。かなり遠くの枝に止まるがそのままそこに留まっているので何枚か写真が撮れた。初めて見る野鳥で見当がつかない。帰宅して調べるとエゾライチョウである。

139 メジロ (2020.5.20)

新緑を　日傘にしおり　メジロかな

　　森の道で小さな野鳥が飛び回っているのをカメ
ラで追い駆ける。木の葉程度の大きさの野鳥だと
開いた葉に姿が隠れ、なかなか鳥影を写せない。
何枚も撮った写真で鳥影のはっきりしたものを拡大
するとメジロが現れる。特徴のある目ですぐ分かる。

野鳥

140 アオジ(2020.5.23)

鳴き姿　声は写せず　アオジかな

　　野鳥の囀りが耳に届いても、開いた木の葉で鳥
影が目に入ってこない季節になってきている。それ
でも運が良ければ葉に邪魔されずに囀る野鳥を撮
る事ができる。森の道で盛んに鳴く野鳥を撮る。撮っ
た写真を拡大してみるとアオジが写っている。

141 林のキツネ(2019.3.5)

締まり雪　キツネ埋まらず　身軽なり

　　山の斜面の積雪の上をつぼ足で歩いていると、遠くで動くものが目に入る。キツネのようである。木の間で立ち止まってこちらの様子をうかがっている。取りあえず何枚か撮っておく。キツネを追いかけようにも所々で雪に埋まり、キツネは消えた。

142 すれ違うキツネ(2019.5.29)

すれ違う　キツネを撮りて　散歩道

　　野鳥を探して上を向いて歩いていて、急に足元
　にキツネが現れても上手く撮れない。何枚か撮っ
　てもピントが合わなかった。それにしてもこのキ
　ツネ、人の存在を無視するかのように目の前を歩
　いて行ったので、まるで飼いキツネのようである。

143 親子の鹿(2019.6.11)

気配して　こちらうかがう　鹿を撮る

　　冷気を感じる爽やかな朝である。木が並んで見通しの利かない場所で動物の気配がする。予想していたように鹿である。二頭いて母鹿と仔鹿らしい。こちらをうかがう鹿と目が合う。カメラを構える様子を注意深く見ているけれど逃げはしなかった。

動物

144 公園の鹿(2019.8.10)

公園に　鹿も来たりて　雨上がり

　　西野すみれ公園のところに鹿がいるのを見つけ、遠くからカメラを向ける。若鹿のようである。公園に接して住宅街が広がっていて、ここで鹿に出遭うのは予想外である。近づき撮影しようとすると、こちらを警戒していて背後の山に逃げられる。

145 不動状態のリス(2019.8.14)

場所選び　静止作戦　リスを撮る

　　西野市民の森を散歩道に選ぶ。歩いていて頭上
に微かな音がする。見上げるとリスが居る。若い
リスのようである。リスは静止作戦に入り、固まっ
たように動かない。動かなければ自分の存在は相
手に伝わらない。対カラスには有効な作戦だろう。

146 カエル(2019.9.19)

藪の中　枯葉色似せ　カエルかな

　　昨夜の雨で濡れている道を歩いていると草藪で
何かが動く。カエルである。黒ずんだ落ち葉の色
と体色がそっくりで、暗い藪の中では姿を見つける
が難しい。撮った写真を拡大して見ると飛び出し
た両目が写っている。カエルの種類は分からない。

147 クルミの実を運ぶリス

クルミの実
木の目盗みて
リス運び

　野鳥の鳴き声にしては聞きなれないものを聞いて辺りを見回す。目に入った動くものは野鳥ではなくリスである。どうも先刻聞いた音はリスが出していたもののようである。リスはクルミの実を咥えている。木にある目を盗んでの行動に見えてくる。

動物

148 丈夫なリスの歯
(2019.10.16)

クルミ殻　砕くリスの歯　丈夫なり

リスが木の周囲を動き回っている。その動きを
カメラで追いかけてやっと撮る。クルミの実を咥
えている。安定した木の枝に陣取ってクルミの殻
を口で砕いていく。あの硬いクルミの殻を口で取
り除いていくリスの歯は丈夫そうでうらやましい。

足を止め　リスと我とが　対峙なり

　　地面から木の上に、木から木へと跳び回っているリスが突然動かなくなる時がある。木の一部に同化したと見せかけているようだ。こんな状況になるとゆっくりと写真が撮れる。実りの秋で今のところ食糧には困らず、冬のため実を貯め込んでいる。

動物

150 トカゲ(2019.10.20)

こちら見て　逃げをうかがう　トカゲかな

　　トカゲかカナヘビか迷う爬虫類が又足元に現れ
る。カメラをそっと近づけると警戒している様子で
身動きしない。個人差によるが、爬虫類は蛇は嫌
でも、トカゲ類はそうでもない。脚の無い蛇と曲が
りなりにも4脚あるトカゲ類の差なのだろうか。

151 両手使い同士 (2019.11.13)

リスクルミ　我はカメラを　両手持ち

リスがクルミにかじりついている。食事中だと
動きが無いので写し易い。デジカメをズームアッ
プにしてなるべくリスが大写しになるようにして
撮る。カメラを持つ腕力が衰えたせいか、シャッ
ター時にカメラがぶれ、リスが上手く収まらない。

152 冬毛のリス(2019.11.29)

　　枝走る　リスの装い　冬毛なり

　　野鳥を撮っているとリスが現れる。野鳥ほどではないにしてもリスも動きは速い。遠くで枝から枝に移動しているリスをカメラで追って何枚か撮り、良さそうなものを選び出す。リスの耳毛も伸び、全身が冬毛になっている。朝は真冬日の寒さである。

153 走るリス(2019.12.19)

走るリス　拡大撮りの　余裕無し

　　雪の上をリスが走る。リスを拡大して写すため、
デジカメのズーム操作をしている暇が無い。リスは
一瞬で視界から消える。こんな撮影状況になると、
加齢からくる撮影動作の鈍さが思い知らされる。
笹藪に入り込んだリスの姿は再び現れなかった。

動物

154 巣材を運ぶリス
(2019.12.20)

雪降りに　巣材口にし　転居なり

　　木の上をリスが移動している。口に枯草の塊の
ようなものを咥えている。食べ物ではなく巣材と思
われる。この雪の季節に巣作りをするらしい。リス
は巣をよく変えると言われていて、新しく見つけた
転居先の室内用に運んでいるのかもしれない。

155 成人の日のリス(2020.1.13)

かしこまり　写真に写り　成人日

天気の良い成人の日で、森の道で久し振りにリスと遭遇。朝日でリスの体全体が輝いて写る。何となく成人式に出席して、かしこまって記念撮影に収まったリスのように見える。札幌市の成人式は昨日行われ、膨大な数の記念写真が残っただろう。

156 少雪の年のリス(2020.1.18)

リスほどに　身軽に動けず　雪笹藪

　　積雪が少ないので、西野市民の森の散策路を外
れて雪が覆っている笹藪に入る。かなり埋まるもの
の、長靴で歩いて行ける。リスが居てこちらを見て
いるので撮る。良く見かける木に同化作戦で、動
かずじっとこちらを窺っている。近づくと逃げた。

こちら見て　自慢の尻尾　披露かな

リスが互いに自慢するものは尻尾でなかろうか。体を覆ってしまうほどの大きさの尻尾は、寒さや吹雪から身を護る身に着けたコートである。この大切な尻尾の手入れは怠りなくやっていて、時間をかけて尻尾繕いをしているのを見かける時がある。

158 キツネの空撮

(2020.4.13)

残雪や　キツネ空撮　初成果

　さくらんぼ園でキツネを見つけ空撮パノラマ写真の撮影を試みる。20m上空から撮影したパノラマ写真にキツネが写っているのを確かめる。残雪中根開けが進んだ木の中間にキツネが座っている。地上で別に撮った同じキツネの写真を貼り付ける。

159 藪に逃げ込む鹿 (2020.4.30)

新しき　角の基見せ　藪の鹿

鹿が山道を横切り藪の中に姿を消す。逃げ去った方向に視線を向けると、藪の中に潜むようにしてこちらを見ている鹿を見つける。藪や木の枝が邪魔をし、鹿にピントを合わせて撮れない。見られる1枚に、これから角が生えてくる頭が写っている。

里近く　尻尾毛薄き　キツネかな

　　森を抜け住宅地に接する草地の先にキツネがい
てこちらを窺っている。何か咥えていて撮った写真
を拡大しても分からない。チクワのようにも見える。
尻尾にふさふさした毛の無いキツネである。乳房
が少し出て見えるので雌のキツネのようである。

動物

161 ヨツスジハナカミキリ

(2019.7.29)

四つ筋の　カミキリの居て　イケヤ花

　西野市民の森を歩いていて、ヨツスジハナカミ
キリを見つける。髪切虫とも表記され、人間の髪
を切る妖怪と同じ名前である。この妖怪とカミキ
リムシの関係がよく分からない。カミキリ虫が止
まっている花は蔓性の多年草イケヤのようである。

虫

162 ハナグモ(2019.7.29)

ハナグモの　狙う標的　花来虫

ハナグモは網を張らないで、花にやって来る虫を捕らえる。イケヤの花の傍にハナグモが虫を待ち構えている。拡大してみると蟹に似ている。このためカニグモ科に分類される。脚は長く、蟹の甲羅に相当する部分にある黒点は目のようである。

163 アカハナカミキリ
(2019.7.30)

涼し気な　カミキリ撮りて　汗噴き出

　　カミキリムシは種類が多く、その分体の表面の
デザインも様々でコレクターには人気の虫らしい。
今朝、西野市民の森でアカハナカミキリを見つける。
葉の上でじっとしているので接写を試みる。触角
が見事である。虫を撮っていても汗が噴き出す。

164 コガネムシ (2019.7.30)

葉の上に　宝石置かれ　コガネムシ

　真夏日予想の朝、涼しいうちにと西野市民の森に出掛ける。野鳥に遭わず足元の虫に注意して歩く。緑色に輝くコガネムシを見つける。帰宅してネットで調べるとアオドウガネに近い。ドウガネブイブイの幼虫にも似ていて同定に自信が持てない。

虫

複眼の　離れを確認　コオニヤンマ

中の川の擁壁のところに大型のトンボが止まっている。撮影後ネットで調べるとコオニヤンマである。オニヤンマとの違いはコオニヤンマの頭部は小さく、複眼が左右に離れているのに対して、オニヤンマの複眼は頭部の中央で左右が接している。

166 アカエゾゼミ (2019.8.3)

セミを見て　武将連想　散策路

　　散策路の頭上でセミの鳴き声がする。セミは鳴
き声を耳にしてもその姿を見つけるのが難しい。し
かし、今回は見上げた先に大きなセミが居る。アカ
エゾゼミである。手で捕まえられそうなところに居
たのを撮る。鎧に身を固めた武将を連想する。

167 クワガタ(2019.8.4)

笹の葉に　乗せたクワガタ　元気無し

　　西野市民の森の散策路で、足元にクワガタを見
つける。山道の上では写真が撮り難いので笹の葉
の上に乗せて撮る。木の幹に置いた方が良かった
けれど適当な木が無かった。雌のクワガタである
のは分かっても、さらに詳しい同定はできなかった。

珍しき　イトトンボ撮り　森の道

西野市民の森散策路でイトトンボを見つける。図鑑の写真と見比べて体色が一番似ているのがオツネントンボである。オツネンとは「越年」の意味で成虫のまま越冬することからの命名。ブログにはアオイトトンボ科の珍しいイトトンボとある。

虫

169 ハムシ (2019.8.15)

襟巻を　着けたハムシが　光たり

　森の道の日の当たっているところでハムシを見つける。ハムシは似たようなものが多く、同定しても確信は持てない。首の周囲に半透明の付属物を付けているけれど、これは体の一部なのだろうか。背中の翅の部分で光が屈折反射して見え美しい。

170 ルリハムシ(2019.8.21)

瑠璃色の　輝き消えて　夏の逝き

　　草葉の間に頭を隠すようにしている光沢のある
虫を見つける。瑠璃色に輝いているのでルリハムシ
のようである。形より色で同定を行っているので正
確さは無い。それにしても自然には見事な色がある
ものだ。夏が逝くと共にこの色も消えていく。

虫

171 スズメバチ (2019.9.30)

スズメバチ　1枚撮りて　退避かな

　森の道で遠目にはトンボが飛んでいるのかと近づいてみるとスズメバチである。それも攻撃性が強いといわれるオオスズメバチのようで、分蜂か何かで何匹も飛び回っている。笹の枯葉に止まった1匹を撮り撮影終了で、危険回避で早々に退散する。

172 ベッコウバエ (2019.9.30)

ベッコウの　色は良くとも　気味悪し

　　森の道の脇の木にハエに似た虫が群れている。
後で調べるとベッコウバエである。ベッコウはウミ
ガメの甲羅の加工品でその色に似たハエなのでこ
の名がある。色は良いのだが、樹液の他に腐食物
に集まると聞くとあまり気持ちの良い虫ではない。

腐生食　キノコと虫の　共通項

　森の道でアミガサタケと思われる白い網状のキノコに翅虫が群がっているのを見つける。翅虫はベッコウバエでキノコの出す液を吸っているようだ。ベッコウバエは腐食物に集まり、アミガサタケは腐生菌として振る舞うそうで相性が良いのだろう。

虫

174 足元のコガネムシ
(2019.10.20)

足元に　光るものあり　コガネムシ

森の道の枯葉と混じって光る虫がいる。コガネムシだろうと思うけれど10月も後半に入ってこんな場所に居るものだろうか。動きも鈍く、何をしているのだろうか。手に取って見るほどの虫好きでもないので、写真を撮っただけで散歩を続ける。

虫

雪虫の　飛ぶ姿撮り　森の道

　森の道を歩いていると白い小さな翅虫がわらわらと飛んでいる。雪虫である。飛ぶ雪虫の姿がどの程度写せるか、何枚も写真を撮り拡大する。小さい雪虫に焦点が合うのはまぐれであっても、ぼけた白点に交じり雪虫の姿が確認できるものもある。

176 枯葉の上のトンボ
(2019.10.28)

枯葉色　トンボ真似たり　秋の森

　森の道でトンボを見つける。この時期のトンボなので勢いが見られない。枯葉色のトンボが枯葉に止まっている。紅葉に赤とんぼなら絵になるところ、そう上手い具合にはいかない。トンボもこれから到来する雪の季節を知っているのだろうか。

177 積雪面のガガンボ
(2019.12.1)

ガガンボを 雪面（ゆきも）に見つけ 師走かな

積雪面に小さな翅虫がいる。マクロレンズを持ち合わせていなかったので、ズームレンズで撮って拡大してみる。長い脚を持っていてガガンボの仲間のようである。師走ともなれば昆虫は居なくなっていると思っていると、結構雪の上で見かける。

178 積雪面を歩く虫(2020.1.11)

名の知らぬ　虫も歩みて　雪の道

　森の道での撮影対象は主に野鳥である。従って
上の方ばかり気にしていて、滑りそうなところで足
元に注意する。その足元に小さな虫が動いている。
写真に撮り拡大しても何の虫か分からない。真冬
の雪の上で活動する虫がいるのは少々驚きである。

虫

179 春の蜂(2020.5.1)

鳥果無く　春の蜂撮る　森の道

　　雨模様の曇り空の朝。野鳥を探して森の道を歩く
　が鳥果無し。足元に蜂の飛ぶ音がする。追いかけ
　るとエゾエンゴサクの花に頭を突っ込む。野鳥が撮
　れなかったので蜂の撮影に切り替える。朝日が差さ
　ないので足元は暗く、ボケ気味の写真となる。

180 サカハチチョウ(2020.5.23)

森の道　サカハチチョウを　そっと撮り

　　森の道の湿った場所で蝶を見つける。近くにモンシロチョウも飛んでいて、モンシロチョウより一回り小さい。帰宅して図鑑で調べると、サカハチチョウかアカマダラのようである。大きさと別撮りの翅の裏の写真からサカハチチョウと同定する。

181 流れの様子見(2018.7.4)

中の川　流れ如何にと　野鳥撮る

朝刊第一面に石狩川、雨竜川氾濫の見出し。晴れ間を狙って中の川の状況を見に行く。さほどの増水は見られず。キセキレイらしい野鳥をカメラで追いかける。解像度の良くない写真で、修理に出したカメラが戻るまでこんな写真しか撮れない。

中の川

182 川中の野鳥撮影(2018.8.8)

野鳥撮り　レンズ倍率　不足なり

散歩には 100 〜 300mm のレンズを装着したカメラを持って出かける。中の川で遠くにキセキレイを見つけて撮る。近づくとすぐ逃げてしまうので、かなりの距離から撮影。拡大すると画像が粗くなり、もっと倍率の高いレンズが欲しいが手が出ない。

183 サクラマスの遡上

(2018.9.29)

赤斑 背びれ尾びれの 痛み白

中の川にかなりの数のサクラマスが遡上している。流れの穏やかなところを回遊しているのを撮る。水中の魚を水の上から撮るのは難しい。それでもサクラマスの赤い斑の産卵色と遡上の奮闘の跡である白くなった背びれと尾びれが写っている。

中の川

184 サクラマスの撮影
(2018.9.30)

サクラマス　撮れば川面に　歪みあり

今朝も散歩時に中の川のサクラマスを写真に収める。やはり水中の魚ははっきりと撮れない。流れによる川面の歪みも魚影に重なってくる。台風が近づいていて、大雨にでもなれば川は増水で、そうなるとサクラマスを撮るのが益々難しくなる。

185 産卵色のサクラマス
(2018.10.1)

サクラマス　美形の居たり　モデルなり

　　台風24号は札幌にはあまり影響を与えないよう
で、晴れ間のある天気となる。朝の散歩はサクラマ
スの遡上している中の川沿いで、川の中の魚を何
枚も撮る。赤い産卵色が尾びれまではっきりした固
体を撮る。魚にも美形がいて写真のモデルになる。

186 全球写真に撮るサクラマス
(2018.10.3)

水の泡　隠れ蓑にし　サクラマス

　　毎朝のサクラマス撮りもマンネリで、今朝はパノラマ写真に撮ってみる。水の中の魚をパノラマ写真に撮るのは無理と分かっていながら試してみる。撮影者でなければ見分けがつかないだろう魚影が写っている。水泡の傍とその後ろに二匹見える。

187 川縁のキセキレイ
(2019.5.5)

散歩道　キセキレイ撮り　子どもの日

　気が向けば探鳥散歩のコースに中の川沿いを選ぶ。近年川に沿って住宅も増え、それに反比例して野鳥の数が減ってきている感じである。水辺を好むキセキレイがコンクリートのところに居るので撮ってみる。遠くで、ぼけるギリギリまで拡大する。

188 早朝の川中の野鳥
(2019.6.7)

薄明の　景で撮り出す　キセキレイ

　　散歩道の中の川にキセキレイが飛んでいる。岩に止まったところを撮る。早朝で光が十分でないので、キセキレイの特徴である体の黄色い部分が鮮明に写らない。輪郭のはっきりしない頭部に目玉が見える。キセキレイは水場が好きな野鳥である。

189 川中で咲く梅花藻
(2019.7.19)

梅花藻を　撮ればハナアブ　写りたり

　中の川の梅花藻の咲いている場所が広がっている。これまで観察していなかった流れの中にまとまって咲いている。岸から撮り拡大すると梅花藻にハナアブらしい小さな翅虫が写る。花と虫のどちらに焦点を合わせてよいのか中途半端の写真となる。

190 ヤブガラシ(2019.9.5)

藪枯らし　貧乏くさく　ヤブガラシ

散歩道の中の川の土手道で写真の花を見かけて気になっていた。花図鑑を見ていたら同じような写真があり、ヤブガラシとある。藪を枯らしてしまうほどの繁殖があることからの命名で、貧乏くさい場所でも咲くのでビンボウカズラの別名もある。

191 アオサギ(2019.9.17)

追いつけぬ　飛ぶアオサギや　中の川

　中の川沿いを歩いていると急にアオサギが飛び立つ。慌ててカメラの電源を入れ撮影の体勢に入った時には鳥は大空に舞い上がって、ズームによる拡大写真は撮れなかった。天気を約束してくれる青空が広がり、その中をアオサギが飛んで行く。

足下は　清き流れの　中の川

朝降っていた雨が止み、青空が広がったので西野市民の森に出掛ける。この森の散策路は中の川の上流で川の南側の西野西公園につながる道と北側の宮丘公園に通じる道に分かれる。その道の接点の中の川に渡された木橋の上でパノラマ写真を撮る。

中の川

193 野鳥と花(2019.9.28)

野鳥と花　黄のつながりで　川の中

キセキレイが流れの中の岩の上で餌探しである。岸から迫り出したオオハンゴンソウと重なるように撮ってみる。野鳥と山野草の組み合わせの構図を意図してまあまあの写真か。望遠レンズの倍率があまり高くないので拡大するとぼけ気味である。

194 川岸のナナカマド

(2019.11.29)

ナナカマド　これから野鳥の　餌となり

　　中の川沿いの街路樹のナナカマドはすっかり葉
を落とし、実の赤色が鮮やかである。パノラマ写
真に撮りよく見ると電線に野鳥が止まっている。小
さく写っていてはっきりしないけれど、ヒヨドリの
ようである。ナナカマドの実は野鳥の餌となる。

195 カワガラス (2020.4.22)

嘴に　水藻つけたり　カワガラス

　　昨今のコロナ騒動で、北海道にも緊急事態宣言
が出され、外出自粛の呪文に縛られる。家の中で
デスクワークばかりだと身体に良くないと中の川の
土手道を歩く。水に潜る鳥を見つける。カワガラス
である。流れから上がったところを撮影できた。

196 カモ(2020.4.29)

相方の　居ないカモ撮り　中の川

　　時折の小雨。西野市民の森の散策路散歩は止め、
中の川の土手道を少し歩く。加齢に比例して歩く
速度は遅くなり距離も延びない。中の川の流れに
雄のカモが居る。近くに雌のカモは見当たらない。
番の相方が居なくて1羽で泳ぐ姿は少々淋しい。

197 ネコノメソウ(2020.5.6)

清流に　ネコノメソウ立ち　中の川

中の川を遡っていくと砂防ダムがあり、近くから西野市民の森の散策路が南東方向と北東方向に分岐する。分岐点辺りに中の川を跨ぐ小さな木橋がある。中の川の清流が勢いよく流れ岸の岩場にネコノメソウが見える。ツルネコノメソウのようだ。

中の川

198 天空で見る中の川のカモ
(2020.5.15)

中の川　隠れ川筋　カモの居り

　　西野市民の森の散策路に沿って流れる中の川が
森の上空からのパノラマ写真に写るか試してみ
る。木々が繁っていると小川の川筋は隠れてしまっ
ている。森から住宅街に流れ出る部分が辛うじて
認識できる。中の川に居たカモの番を貼ってみる。

中の川

199 川を飾る八重桜(2020.5.16)

八重桜　花笠になり　中の川

　中の川が自然河川で森の中を流れ、森から住宅街に流れ出すと擁壁に囲まれる。春先は八重桜や芝桜が流れを飾る。川筋に沿ってカワガラスが飛んで行くのを見ることがある。時たまアオサギが休んでいるのも目にするので小魚の居る清流である。

中の川

200 川面の模様とハクセキレイ
(2020.5.19)

鳥も見る　歪み模様の　川面かな

　　封書を投函しにポストまで行った帰り、中の川で
ハクセキレイを見かけて撮る。川面に現れた歪み
模様に目が眩まないように鳥が目を逸らしているよ
うにも見える。実際のところ鳥の目には川面はどの
ように映っているのだろうか、興味が湧いてくる。

あとがき

　本爪句集は書名にもある通り、札幌市西区西野の住宅街に接してある西野市民の森の散策路で撮影した自然や動植物の写真を基にしている。時期的には 2019 年から 2020 年にかけての春夏秋冬である。約１年間をかけて観察するとこれほど多様な写真の対象があるのだと、爪句集にまとめてみて改めて気づく。

　四季を通じての景観は全球パノラマ写真の技法で表現している。小さな豆本に印刷した QR コードをタブレットやスマホで読み取ることで、全視野の写真として鑑賞することができる。特にドローンを森の上に飛ばして撮影した空撮パノラマ写真は、鳥の目で見た景観となっていて、通常の写真集では表現できないものである。

　さらに、地上で撮った野鳥や植物の写真を空撮パノラマ写真の天空部分に貼りつけることにより、新しい写真法や写真による表現法を編み出している。現時点ではほとんど目にすることのないこの写真技法は、将来新しい写真のジャンルを開

拓していくのではないかと期待している。そのような写真を紙媒体で表現しインターネットを介して鑑賞するのは、紙とインターネットを融合させた新しい本や写真集の先駆けになるものだと自負している。

　さて、本爪句集は通巻で第 44 集目となる。爪句集出版の当初、区切りが良いので 50 巻出版を目標に掲げて、機会ある毎に宣言していた。それが第 44 集まで到達して全 50 巻の出版が視野に入ってきた。

　2008 年の 1 月に第 1 集目を出版しているので、大体 1 年に 3.5 集のペースで出版してきている。このペースなら残りの 6 集は 2 年後、著者が 80 歳になった年に完結することになる。爪句集のテーマも全 50 巻で取り上げきれないものがあっても、不足する事はない。なにせ毎日投稿しているブログ記事を編集して爪句集にしているので、素材は日毎に溜まっている。

　こうなると全 50 巻出版に向けて残る問題は出版費用である。現役時代なら講演会とか原稿書きとかで入ってくる雑収入を出版費用に回せるとこ

ろ、完全な年金生活者になり、年金の他に収入の当てがほとんど見込めない状況では、出版費用は重荷である。

その打開策としてビットコインのような仮想通貨の運用益というのも考えたけれど、思ったようには上手くいかない。爪句集出版用の仮想通貨（トークン）を発行し、自分で仮想通貨もどきの流通を行って出版費用の代替をする方法も理論的には考えられる。しかし、経験がないので何ともいえない。

最近の爪句集はクラウドファンディング（CF）を利用して出版資金を募っている。ただ、この世界も簡単に資金が集まるものでもない。CFのリターン（返礼品）は当然出版した爪句集である。これはCFで爪句集の予約販売を行っているといってもよい。普通に書店に並べても売れない爪句集であれば、CFで良い条件（爪句集に名前が記載され、郵送で受け取れる）が提示されたとしても、ネットでの申し込みのバリアーが高く、加えて宣伝も十分でなく、見ず知らずの支援者は増えない。

売れない爪句集の自費出版では在庫の問題も頭

が痛い。CF のリターンとして、これまで出版してきた爪句集を自治体の図書施設や大学・学校の図書館に寄贈することを考えている。これが上手くいけば爪句集が実質的に売れ、在庫が減り、自著が図書館に収まる、と1石3鳥にもなる。しかし、それは虫が良すぎる話で、数例が実現しただけである。

　それはともあれ、本爪句集の出版の CF に支援していただいた方々のお名前をこのあとがきの最後に列記し、お礼申し上げる。出版に際してはいつものように共同文化社と㈱アイワードにお世話になっており、関係者にお礼申し上げる。毎回の爪句集出版に後方支援に徹してもらっている妻にも感謝の言葉を最後に記しておきたい。

クラウドファンディング支援者のお名前
（敬称略、寄付順、2020 年 7 月 7 日時点）

相澤直子、相澤美奈子、三橋龍一、芳賀和輝、高橋俊暉、高橋 淳、橋 信子、小笠原 駿、青木順子、石黒直文、ak、浅山正紀、里見英樹、石倉昭男、佐藤裕樹、姜 錫

著者：青木曲直（本名由直）（1941 ～）

北海道大学名誉教授、工学博士。1966 年北大大学院修士修了、北大講師、助教授、教授を経て 2005 年定年退職。e シルクロード研究工房・房主（ぼうず）、私的勉強会「e シルクロード大学」を主宰。2015 年より北海道科学大学客員教授。2017 年ドローン検定 1 級取得。北大退職後の著作として「札幌秘境 100 選」（マップショップ、2006）、「小樽・石狩秘境 100 選」（共同文化社、2007）、「江別・北広島秘境 100 選」（同、2008）、「爪句@札幌＆近郊百景 series1」～「爪句@ 365 日の鳥果 series43」（共同文化社、2008 ～ 2020）、「札幌の秘境」（北海道新聞社、2009）、「風景印でめぐる札幌の秘境」（北海道新聞社、2009）、「さっぽろ花散歩」（北海道新聞社、2010）。北海道新聞文化賞（2000）、北海道文化賞（2001）、北海道科学技術賞（2003）、経済産業大臣表彰（2004）、札幌市産業経済功労者表彰（2007）、北海道功労賞（2013）。

≪共同文化社　既刊≫

北海道豆本series〕

1　爪句@札幌＆近郊百景
212P（2008−1）
定価　381円＋税

2　爪句@札幌の花と木と家
216P（2008−4）
定価　381円＋税

3　爪句@都市のデザイン
220P（2008−7）
定価 381円＋税

4　爪句@北大の四季
216P（2009−2）
定価 476円＋税

5　爪句@札幌の四季
216P（2009−4）
定価 476円＋税

6　爪句@私の札幌秘境
216P（2009−11）
定価 476円＋税

7　爪句@花の四季
216P（2010−4）
定価 476円＋税

8　爪句@思い出の都市秘境
216P（2010−10）
定価 476円＋税

7 爪句@札幌街角世界旅行
224P（2012-7）
　定価 476 円＋税
18 爪句@今日の花
248P（2012-9）
　定価 476 円＋税

19 爪句@札幌の野鳥
224P（2012-10）
　定価 476 円＋税
20 爪句@日々の情景
224P（2013-2）
　定価 476 円＋税

21 爪句@北海道の駅-道南編1
224P（2013-6）
　定価 476 円＋税
22 爪句@日々のパノラマ写真
224P（2014-4）
　定価 476 円＋税

23 爪句@北大物語り
224P（2014-11）
　定価 476 円＋税
24 爪句@今日の一枚
224P（2015-3）
　定価 476 円＋税

25　爪句＠北海道の駅
　　　−根室本線・釧網本線
豆本　100×74㎜　224P
オールカラー
（青木曲直 著　2015−7）
定価476円＋税

26　爪句＠宮丘公園・
　　　中の川物語り
豆本　100×74㎜　248P
オールカラー
（青木曲直 著　2015−11）
定価476円＋税

27　爪句＠北海道の駅
　　　−石北本線・宗谷本線
豆本　100×74㎜　248P
オールカラー
（青木曲直 著　2016−2）
定価476円＋税

28　爪句＠今日の一枚
　　　−2015
豆本　100×74㎜　248P
オールカラー
（青木曲直 著　2016−4）
定価476円＋税

29　爪句@北海道の駅
　—函館本線・留萌本線・富良野線・石勝線・札沼線
豆本　100 × 74㎜　240P
オールカラー
（青木曲直 著　2016-9)
定価 476 円＋税

30　爪句＠札幌の行事
豆本　100 × 74㎜　224P
オールカラー
（青木曲直 著　2017-1)
定価 476 円＋税

31　爪句@今日の一枚
　—2016
豆本　100 × 74㎜　224P
オールカラー
（青木曲直 著　2017-3)
定価 476 円＋税

32　爪句＠日替わり野鳥
豆本　100 × 74㎜　224P
オールカラー
（青木曲直 著　2017-5)
定価 476 円＋税

33 爪句@北科大物語り
豆本　100 × 74㎜　224P
オールカラー
（青木曲直 編著　2017−10）
定価 476 円＋税

34 爪句@彫刻のある風景
　　　―札幌編
豆本　100 × 74㎜　232P
オールカラー
（青木曲直 著　2018−2）
定価 476 円＋税

35 爪句@今日の一枚
　　　−2017
豆本　100 × 74㎜　224P
オールカラー
（青木曲直 著　2018−3）
定価 476 円＋税

36 爪句@マンホールの
　　　ある風景 上
豆本　100 × 74㎜　232P
オールカラー
（青木曲直 著　2018−7）
定価 476 円＋税

7　爪句@暦の記憶
豆本　100×74㎜　232P
オールカラー
（青木曲直 著　2018-10)
定価476円+税

38　爪句@クイズ・ツーリズム
豆本　100×74㎜　232P
オールカラー
（青木曲直 著　2019-2)
定価476円+税

39　爪句@今日の一枚
　　　―2018
豆本　100×74㎜　232P
オールカラー
（青木曲直 著　2019-3)
定価476円+税

40 爪句@クイズ・ツーリズム
　　──鉄道編
豆本　100 × 74㎜　232P
オールカラー
（青木曲直 著　2019-8）
定価 476 円+税

41 爪句@天空物語り
豆本　100 × 74㎜　232P
オールカラー
（青木曲直 著　2019-12）
定価 455 円+税

42 爪句@今日の一枚
— 2019
豆本　100 × 74mm　232P
オールカラー
（青木曲直 著　2020−2）
定価 455 円+税

43 爪句@ 365 日の鳥果
豆本　100 × 74mm　232P
オールカラー
（青木曲直 著　2020−6）
定価 455 円+税

北海道豆本　series44

爪句@西野市民の森物語り

都市秘境100選ブログ　http://hikyou.sakura.ne.jp/v2/

2020年8月5日　初版発行

著　　者　青木曲直（本名 由直）
企画・編集　eSRU出版
発　　行　共同文化社　〒060-0033　札幌市中央区北3条東5丁目
　　　　　　　　　　　TEL011-251-8078　FAX011-232-8228
　　　　　　　　　　　http://kyodo-bunkasha.net/
印　　刷　株式会社アイワード
定　　価　本体455円＋税